初恋

染野太朗

現代歌人シリーズ
37

初恋＊もくじ

VI

カバーオブジェ　津田三朗

初恋

（二〇一六年〜二〇一八年）

I

マリア像

ことば奪はず声を奪ひて吹く風の冷たし卒業式の朝《あした》を

入場の歩みに揺るるコサージュの蘭白くして弔花のごとし

すぐ次にラ・マルセイエーズうたふゆゑためらひうすくうたふ君が代

さざれいしの、か細きこゑにうたふたび言ひ訳のやうな字余りと思《も》ふ

祝辞なれば訳されてなほつまらないフランス大使代理の祝辞

歌詞をよくおぼえてゐないくちびるの遅れてひらく蛍の光

(ためらひ?) 虹のやうなる日々にしてこの教室に誰も死なざりき

窓の外《と》に干された体育着を指して「もう捨てるぞ」と教卓に笑ふ

はなむけのことば贈らず退職は告げたり語尾もですますに変へて

校門を出るとき右に、苔むしてマリア像つひにまなこを上げず

校庭に響くチャイムよかけがへのなき一人《いちにん》などあつてたまるか

鼻

六月の湿りてゐたる座布団を腰にあてがひあふむけに泣く

鬼太郎がちやんちやんこを脱ぎ枝にかけて去りしやうなる夕闇に泣く

信号を長く待ちたり午後の陽にたつた一枚の右手翳して

コーヒーに近づけたればその面《おも》にわれのみが見て揺るるわが鼻

たひらかに広がる雲がゆふぞらとわづかに色をたがへてゐたり

きみがまたその人を言ふとりかへしのつかないほどのやさしい声で

八階の窓ゆひかりの茫と射しきみをひとつに束ねてゐたり

一回もふりかへらざるひとの背の厚み　見えなくなるまでは見ず

飛行機のいづれに乗るか知らざればいづれにも乗るきみとしおもふ

求職者給付

日時計を見つむるやうなしづけさにハローワークの昼を待ちたり

七月のハローワークで待つ人のしづけさの上《へ》の呼び出し標示

なんでかう落ち着くのだらう十五年ぶりに訪ねたハローワークに

「求職者給付」の「失業手当」とのいかなる違ひ　適温の室内

夏へ向かふ電車とおもふきみでなき人に会ふために駆け込んだけれど

ドトールでアイスコーヒー飲みをれば父のごときの怒りてゐたる

反証

どいつもこいつも酒、酒、酒つてうるさいないつもうまいこと抒情しやがつて

ああなんでこんなに傷つけたいのだらうしじみ汁ずずずと啜りたり

またきみをうたがひ胸は呼びよせる海にしづんだ無数の船を

証明も反証もできぬことの明確な証明　いかなる喩も拒みたし

熱海

文庫本二冊携へ水買へば旅がはじまる熱海への旅

東大宮からも熱海へ一本でやけに愉しい各駅停車

赤羽とおんなじ味のハンバーグをデニーズ熱海店に食ふさへ愉し

もしきみがここにゐたらとおもふのを水平線をのぞみつつやめず

秋晴れの来宮神社の大楠の時間といふをぼくは見上げつ

すんすんと脚のみ伸ぶる心地して露天湯にああと言つてしまへり

出《で》のわるいシャワーに髪を流しつつしづかな今がふいに厭はし

フロントにタオルを返す日帰りの利用はわれのみなれば恥づかし

ながくながく坂をくだつて海に出るこの平凡をよろこぶ脚は

疑つて決めつけるばかりの恋である　大きプードル靴はいてゐる

終はらせたくないとおもつた　熱海からふたたび上野東京ライン

真鶴に停まれば小さく海は見ゆレゴのやうなる町の向うに

根府川は海沿ひの駅はつ秋の視野いつぱいに海はきらめく

ゆふぐれの水平線はけぶりつつ向うにたつたひとりを隠す

小田原でどつと混み合ひ汗臭き車内となりぬ旅が終はるよ

国府津過ぎ二宮を過ぎ大磯を過ぎなほ海の見えて過ぎたり

福岡

福岡と告げれば皆が「おいしい」と「安い」を言へりたらふく食はむ

教頭と餃子を食べて別れたる秋の夕暮れ　どうか元気で

夕景のいま一部なる飛行機にこころひろげてぼくは飛ぶ人

高価なる布団えらべば秋深し三年ぶりの一人暮らしに

西部ガスのさいぶがすといふ読み方のいよいよ住むといふ感じする

遮光遮音防火遮熱とタグにあり遮火にあらざりカーテンも買ふ

みつよつとカラーボックス組み立てて血豆つぶせばいつつめも立ちぬ

位置ひとつ決まらぬことも愉しくて洗面台のハンドソープの

白菜がひとつ百円この冬をさいたまよりも安いとは知る

ちやうかまちか十日を経ても覚ええず　唐人町で吊革握る

さいたまより遅れる日の出日の入もやけにうれしく福岡に住む

つきつめればまつたくの滅裂ゆゑに福岡行きをぼくは誇らむ

Ⅱ

量

とめどなく量《かさ》を増しゆく感情をよろこびであれきみには見せず

ドトールに入《い》りしばかりに内省はきのふにつづきわれを責めたり

恋のやうに沈みつつある太陽が喉をふさいでなほ赤いんだ

柿の実のよっつパックのゆたかさを分け合ふひとのあらねど買ひつ

柿の実のよっつのうちのただひとつ食べて足らひぬみつつを捨てつ

妬むのをやめたら愛をつたへたらぼくを去るだらうなほも黙つて

乱るれば

嫌はれぬためだけにことば選びつつ要は性欲だらう初冬の

天神に傘買ひに来て買ふ前のおづおづひらくこのあをき傘

引きあぐるちからなにも喩へえずティーバッグからしづく垂れたる

ばちばちと雨受くるきみでなき人の傘がやたらとおほきく見えた

雨の午後のきみでなき人とするセックスに息乱るればぼくは笑ひぬ

生姜摺る充実に鼻のよろこべばきみをいつとき赦してゐたり

米研げば五指にまつはる米粒の、怒りよもうことばを喚《よ》ぶな

午前四時

ゐてくれるだけでいいといふきみの声は夕日のやうに濃かつたけれど

見苦しい別れだつたなもうすこしがんばらうよとわらふ午前四時の

嫉妬といふ濡れたる砂利のごときもの笊に掬つてなにを待つわれか

恋

みづからを引き上げながら飛行機が悲しみのごとき震へにふるふ

しあはせのきみにかかはることできず冬が去る雨のすくなかつた冬

湯にしづみ色あたらしき菜の花をわが菜箸のつついてやまず

一度だけセックスをした人に買ふ財布も黒でよいのだらうか

水槽をかたむけたれど水平をたもつ水、怒りのやうに水

四月二日物干し竿を光ごとぬぐつてぼくは布団を干した

手水舎を囲む手のみな濡れびかりはづかしきまで動いてゐたり

嫉妬を投げつけてほしかつた茶碗とか花瓶とか小銭のごとく

落日にかがよふ、ぼくを拒んだり信じたりせぬきみのよこがほ

博多駅阪急地下に泣きやまずごばう天うどん啜る春なり

輝けば

奮発して春、松田屋に泊まりしよりはや一年が経つてしまひぬ

助手席にきみ乗りたれば短かりし関門橋よ真つ直ぐだつた

気づいても気づかなくてももう同じきみの嘘はぼくを守つた

自転車を買ひたり春の晴れた日にこの上ぼくは何を追ふのか

温泉にまた行きたいです！　1行がそれでも春の奇跡だつたな

会ひたさも嫉妬もやがて失はむさうして夏が輝けばいい

Ⅲ

生年月日

僕は中学・高校の、倉次《くらなみ》麻衣先生はその附属の小学校の教員だった。倉次先生も退職するという。

おはやうと声かけ合ひしいくたびか坂の途中の校門の前

うれしくてなんべんひとに言つただらう生年月日の同じなること

嘘くさくなるがかならず言ひそへる血液型も同じなること

まさに笊、と驚きしあの春の夜のままに過ぎたり十三年は

いつも酒とともにあつたが呑めぬまま君には弱音ばかりを吐いた

さうだあのドレッシングは旨かつただだからそのうちまた欲しいです

立ち漕ぎでのぼりつづけたその日々を、ありがたうなどと君はわらつた

こむらさき

感情にみづびたしなる胸郭をヴィ・ド・フランスの卓に固定す

感情を怖れるけふのドトールのひとりにひとつづつの椅子にて

ぼくにあまり関心のない人と来てバスターミナルにバスを待ちをり

バスの揺れをこころの揺れとおもふのを止《と》めず寝てゐる人の隣で

〈こむらさき〉に熊本ラーメン啜りたればよろこぶ喉の冬のゆふぐれ

太宰府

焼きたての梅ヶ枝餅に息吹いてひとりし嚙めばきみはおもはる
なほきみをおもふばかりのぼくである梅の盛りの太宰府に来つ

北京語のひびく参道抜けてのち角度おほきく橋を渡りつ

梅の香を淡くはこべる風はやし感情を棄てぬぼくのめぐりに

梅の香の乱れやまざる境内に祈らむとしてことば失ふ

肺魚

わが体《たい》のうちがはを游ぎおよぎつつ肺魚ときをり呼吸《いき》せむとする
呼吸せむとわが肩までを游ぎきて唇《くち》を突きだす人のやうな唇

突きでたる肺魚の唇をわれは見る見るとはつねに逃避であつて

肺魚そのとき粘液に身を覆ふといふ乾く季節を生き延びるといふ

わが肩に唇はゆらゆらひらかれて肺魚のこゑを聞くゆふまぐれ

おまへはおまへをいくどでも刺せばいい痛みに蹲つてゐればいい

おまへがおまへを刺すたびにおまへは怖れにおいて生きられるのだから

眼《まなこ》さへ突きだし肺魚われを見る見るとはつねに喪失であつて

肺魚わが肺を喰ひたりそののちを呼吸をわけ合ひこゑをわけ合ふ

肺魚は鰓をわれは肺を失ひたれば乾く季節を負けつづけたり

つよくなつた

形わるく大きなるトマト四つにて百円なればしばし見てゐつ

大きなるトマト四つのぴちぴちと一パック重し手に置くしばし

明後日から帰省するから大きくても二日で四つ食べきるつもり

空港のフードコートにひと満ちて食欲はあかるし春のやうにあかるし

離陸と着陸どつちが嫌かといふ話赤坂さんとＬＩＮＥになせり

歌ふたつ作り終へれば窓の下富士山見えてしばし見てゐつ

内山さんと東京モノレールに乗つて流通センター目指す朝なり

内山さんがマスクしてゐて寂しいな顔が見たいといふにあらねど

内山さんのとなり田村のとなりにて短歌の話する五月かな

米、麦、芋、米、と水割り飲み継げば田村がぼくをいたく褒めたり

そめのさんつよくなつたとさわがしき飲み会果てて呟きぬ田村

福岡に帰つた夜は〈あらたま〉でチキン南蛮食ぶるが慣ひ

明日はこれと決めて文庫に星新一「おーい　でてこーい」音読をする

教師といふ愚かでしかもおもしろい仕事をまたもわれはするなり

するなりといへども週に一度なりネクタイ締めて革靴履いて

午前十時の門をまたげばすみませんすみませんと警備員に止めらる

中高の非常勤ですとそのたびにちよつとほほゑみ通り抜けるよ

講師室はいかにも木造といふ感じにて風べらべらとプリントを捲る

桜、棕梠、躑躅は見えて窓の外《と》をふいに声せりぼくを呼ぶ声

教壇のやけに高きをうれへたりうろたへたりもできるのだけど

もう二度と叱るものかとこの胸に決意さへあり怖れにも似て

性差なきひとつよあはれ解答を終へたる順に机に突つ伏す

あはれひとり壁にあたまを押しつけて眠りたり　もう起こしたくなし

採点が終はれば帰る　福岡に移り来てはや半年である

豚こまを２００弱と言へば１８６グラム受け取る五月の日暮れ

たけのこの水煮を買つて帰る夕ああ味噌汁にせむよとおもふ

ひきかへす

はつ夏のポストに二通さし入れてひきかへしたりつばめ舞ふ道

空《そら》をすべるつばめのつばさちひさくて東大宮駅前も初夏

アイビーの葉の三枚の枯れ落ちていたくしづかなり実家のトイレ

表情のうすくなりゆく父であるおめでたう五月四日七十一歳

総数は少ないけれどそのひとつひとつが濃くて父の感情

父よぼくの収入の少ないことがそんなに不安かさうか不安か

老いといふ平凡を父が生きてゐるまだ生きてゐるテレビ観ながら

玄関の鍵かけとくよ、いってきます。洗ひものする父の背中に

蜂ひとついくらでも窓にぶつかつて尻ふるふ　さう、向うは夏だ

ポイ

停止線あればつぎつぎ停止してまた自動車が加速をはじむ

福岡に〈やなか珈琲〉なきことのちよつと苦しい六月だつた

ストローをせり上がりくるコーヒーの見えざる黒きストローなれば

「花束を君に」で始め「めくれたオレンジ」で終へた今日のカラオケ

忘却はお祭り　手をつないだままぼくは黄色のポイをかまへる

鞆の浦

博多から小倉を過ぎて福山で明治書院の関さんに会ふ

関さんに誘はるるまま来た旅の福山からは運転をせり

とても狭い坂をのぼりつ夜と声と海の気配に満ちたる坂を

おいしくて搔つ込んでをりあいちやんと呼ばるる人の麻婆豆腐

日本語の波打ち際をあゆみつつケビンはきはき「お酒」と言へり

よく話しよく食べ飲んだ夜の果ての冬の埠頭が海をひらきぬ

春待つごとく

花を火にたとへるやうなおろかさで憎しみながくながく保てり

かすかなる春のひかりをみちびいて那珂川、そして橋を行く人

フリージアの匂ひいくども吸ひこんでこころぼそさを肺にあつめる

羽根のやうな便器のやうな雲が浮く　感情が足りないとおもつた

巻きしめてまきしめてつひに咲く花の藤をしたたる思ひ出がまた

アーモンドミルクばかりを飲んでゐたきみをはなれて冬のスタバで

排泄にちからふるつてゐる猫のいつさいを見つ春待つごとく

Ⅳ

精霊流し

海を知らぬザトウクジラのやうだつたその眼差しを忘れたかつた

博多より乗りたる特急かもめはも有明海をいまぼくに見す

ローソンにポリウレタンのたくさんの耳栓売られぼくも買ひたり

坂をのぼり県庁を過ぎ坂をくだり坂の多さを思《も》へば余所者

ポロシャツが背にはりついて不快なれどそを伝ふべき人などゐない

水切りに興ずる人を見下ろして真夏の橋でぼくはとどまる

どこへ向かふ人かわからずけれどみなどこかへ向かふ夏のゆふぐれ

夕立のやうに聞こえてここからはいまだ隔たる爆竹の音

みっつの角を曲がりてやつと出遭ひたる精霊船がすすむゆつくり

遺影ひとつふたつと掲げたる船よ歓びをさへ載せて行くなり

音が人を弔ひやまずきらめきを散らしながらに鳴る爆竹の

爆竹にからだ曝せばきみのあらぬ長崎にけむりまみれのぼくだ

夢のごとく爆竹が鳴りほんたうはきみと聞きたかつたと気づいてしまふ

甑島

甲板に風まみれなる全身のだれもが黙《もだ》し島を見てゐる

こころよりも青くて広い海である青といふことをしばしおもへば

夏とはつまり光であればともだちと甑島をめぐる夏の旅せり

鹿の子百合の花粉によごれ汗にまみれ夏のこの脚誇らしげなる

名も知れずと碑《ひ》に刻まれた人々の一六三八年の殉教はあり

殉教の人のたましひの喩にあらず釣掛埼をとんぼ舞ひをり

喩をさがさむために眺むるくるしさよ眼下ひとつも波のない海

瀬々野浦にぐつとふんばる足裏ぞ海石《いくり》に揉まれ喜びやまず

海原に落暉は道をとほしたりその最果ての民宿〈浦島〉

つやつやのきびなご食へば美味しいとわらふほかなし短し夜は

せいちやんが期待は悪と言ひきりし離島の夏をきつと忘れず

島原

高速バスで天神から諫早へ

みづいろの切符は出で来　諫早と島原むすぶちひさき切符

ワンマンの島原鉄道一両は諫早駅を発ちぬしづかに

「運転中は運転士に話しかけないでください。」詩がある

愛野といふちひさな駅にドア開《あ》けば存外と多く乗り降りしたり

ひかりしばらくわが踝をあたためてカーブとともに去りてしゆきぬ

うちつけに海ひらけたりスマホにて有明海と確認したり

そこからはいつまでも海　島原鉄道《しまてつ》にひとり揺らるるこのよろこびは

姫松屋に具雑煮たべてたれもたれもうつむいてをり島原の秋

餅の焦げてんてんと浮きかうばしきつゆのむかしの味をすするも

具雑煮のまるくひらたい餅のこと伝ふべきひとあらず食べたり

そのかみの天草四郎の食べしとふ具雑煮もつと旨かつたらう

〈水頭の井戸〉に立ち寄るあふれやまずペットボトルをたちまち満たす

車を借りて南島原へ

検索のいちばん上にあらはるる〈原城温泉真砂〉目指しつ

島原の湯に浸かりたりとめどなくとめどなく汗まだまだ浸かる

くるしみを隠さむためのきみのことば聞くたびぼくは苛立つてゐた

ゆふやみに海がゆつくり溶けていくそろそろ出むと湯をしうごかす

しばらくは海を見てをり爺さんも湯からあがつてタオルしぼつて

橘湾

さびしさの喩として秋を凪ぐのみの橘湾よ　舟が出てゐる

凪ぎの海をいくたびもいくたびも撮りそのたびぼくをとほざかる海

雲仙

湯気と湯は地獄とふ名に噴き出でてかつて殉教の人がゐたこと

入るか?とをぢさんに呼び止められていかにもといふ共同浴場
にごり湯の湯舟三畳ほどなるが十畳ほどの浴場にあり
雲仙の共同浴場一〇〇円のゆたけきへ脚挿したり　熱い

湯にしづみ湯を見つむればこまかなる湯の花は舞ひ目をつむりたり

このくるしみをきみに同じだけ与へたいといふくるしみをこの秋もせり

思案橋ブルース

イヤフォンに中井昭の高音のひびいてやまず夢のごとくに

目覚むれば排ガスにほふ春昼《しゆんちう》の長崎駅前バスターミナル

長崎をあちこちと訪《と》ふ理由など誰にも言はず　今日は稲佐山

体感は視覚に支配されながらロープウェイなる五分ただよふ

展望台

一望とふ語はもさびしく風あれど風にうごける何ひとつなし

爆心地の真上の雲もうごかざり亀の尻尾のやうな白雲《しらくも》

立派なるカメラ掲げて若者がつぎからつぎへ撮る音の春

せからしかっ、　とざらつく声も声なれば風に消え、　ぼくは山をくだつた

午後四時の〈思案橋ラーメン〉に疎《まば》らなる客のひとりとなれば啜るも

いつそここに住まうか誰を責むるなく海を人を雨を日々に詠みたし

太陽

——澤西祐典「雨とカラス」に寄せて——

生きて虜囚の辱めを受けず
太陽があまねく照らすそのひとの髪を飾れるファレノプシスも

体がこわばり、殴打されるのを覚悟する
けれども、頭を抱えてしゃがみ込むタダシに、祖父は一向構う気配がない
海がめはごちそう　やがて幼さはその肉体をあきらめるのに

じっとタダシを見つめている

オオトカゲを追ひつめて海うみに冷えあめに冷え（死は向うから来る）

気味の悪い、何かが大きくなっていく

母が叫び母の血が流れ母を奪ひきみは生まれた　予感とは雨

センソウ　グン　アラヒトガミ　テンノウヘイカ、バンザーイ

七つになつたばかりのきみのきみのための太陽のごとき声はひびくも

島にたどり着いたのは、おばあちゃんと二人だけだったの？

きみが奪ひつくした母さんを、抱き上げて、土を払ふ、土をかぶせて、

弟の死はすなわち、

雨季の雨のやうな憎しみ　ヒコクミンのからだくまなく濡らす孤独は

テンノウヘイカ、バンザイ

太陽に撲《う》たれたやうなその声が日々をこんなにもうらがへしたり

※詞書はすべて澤西祐典氏の小説「雨とカラス」（書肆侃侃房）からの引用です。

挽歌

水が怖くてくるぶしばかり洗はせて波打ち際をうごけずにゐた

ひとりひとり友だちに嫌はれていくやうなさういふ速度、日が落ちていく

＊

唇でちよつと熱さをたしかめる〈牧のうどん〉のやはきを啜る

くづれつつなほもひかりを湛へたる蓮の花ひたすらに撮りたり

座りたれば真夏のバスの振動に背中がふるへ肋がふるふ

ハンドルをおほきく送る手の見えて右折完了したりきれいに

ざつと来てやんでしまへりさびしけれどいつぽんの傘腕に垂れたり

サイレンが遠くの火事を告げながら花瓶をペンを頭蓋を部屋を

夏には夏の歌を詠まむとうつむけど錆のやうに虹のやうに憎しみの在る

もうそばにゐたくないのに花束をほどいて挿して水を与へて

長崎県生月島

逃げることが追ふことだつた　声のやうにゆらめく黄蝶　そつちは海だ

どんな色にこの砂浜を染めたのか喉を溢るる殉教の血は

砂の上《へ》にぬくもる体、泣くならばこころ冷えきるまで泣きたきを

*

出会ひなほすといふことのない日々にゐてことばばかりがこころのやうで

悲しみはひかりのやうに降《ふ》りをれど会ひたし夏を生きるあなたに

V

kona と海豚や

〈kona〉といふ美容室にて切つてもらふ薄毛気にしてますとまづ告ぐ

ぼくよりも十歳くらい若からむ山口さんに髪切つてもらふ

佐賀インターナショナルバルーンフェスタには行かなかつたと山口さんに言ふ

西新に〈海豚や〉といふラーメン屋あれば入《い》りたり引き戸かろかり

福岡に引つ越した日のラーメンの旨さを超えるラーメンがない

プラグいちいち抜くのと問はれ恥づかしき朝駅《あした》まで人を見送る

はばたきに音のともなふこととふいに苦しく冬の公園に入《い》る

櫛田神社

検査所を抜けて買ふ水　空港のおほきな窓に秋があかるい

からだぢゆうに眠りゆきとどきめざめたる飛行機のなかぼくさへゐない

ストローでホットコーヒー吸ふやうなさみしい恋もとうに終はつて

福岡に引つ越していちねんが経ちひとりこの秋また食べた柿

たつたひとりをおもひつづくる愚かさのふたたびの秋　柿が大きい

感情がきみを求めてゐた頃にはじめて櫛田神社へ行つた

ひとをおもふことがそのまま罰だつたぼくを罰するためにおもつた

幾万の針降るやうなあをぞらのふかくふかくへ眼《め》を投げ上げる

晴れわたる櫛田神社の喫煙所やたらひろくて平岡さんがゐさう

福岡の陽のやはらかく染みていく布団と枕　不安だよぜんぶ

そめのさん寝入りばなにきのふも言つてたよすごいねえつて大声で二回

垂れてゐる

福岡に知りたるひとついちじくは安けれどいたく黴びやすきこと

山といふ字のやうな山　布団干せば山の向うの日が射してくる

樋井川の河口だくだく揺れながら濁りながらにわたしを渡す
きみもどうせぼくを忘れるんでしよといふ誰のこゑなる木に垂れてゐる
天神の樹の電飾のあたたかき無数さよならのやうに無数

なにならむこころに旧いよろこびの湧きやまずけふは尾崎《おざき》豊聴きつぐ

尿濃い

食欲のなくておなかの張ることを胃のせゐだろとおもつてゐたが
尿の色濃きを見て見ぬふりをするくらゐには見て気にしてゐたが

尿　濃い　で検索をする日々にしてこころちひさくなりにけるかも

くれがたの吉村医院　待ち人のまばらにてわれすぐ呼ばれたり

F医師のよくとほる声早口に紹介状を書くからと言ふ

今すぐ行けと指示をされしが部屋にもどり充電器と歌集とパソコンを摑む

済生会病院までと告げたれどタクシードライバーのおしやべり

こんなときも黙つてほしいとは言へずドライバーへの相槌を打つ

採血の五本、ＣＴ、検尿としんどいままにからだを運ぶ

病名のわからぬままに明かす夜のさほど長くはなかつたけれど

点滴の落つる速度をじつと見てややに速めてまた遅くして

アレルギーの有り無し聞かれさくらんぼとりんごと答ふすこし恥づかし

なんとなくわかつてゐたが病名の判れば自分を汚くおもひぬ

M医師のぶつきらぼうに不安はも怒りとならずこころぼそかり

済生会福岡総合病院の十三階にわれは病みをり

病室にトイレがひとつ四人部屋なれば四人でトイレを使ふ

病室にほかの三人《みたり》のみな癌と知りぬちひさく交はさるる声に

今日からまた抗癌剤だと父よりも三歳若いおとなりさんは

白血病ですとさらさらわらふ人とカーテン隔てわれは歌詠む

ベッドぐるりと囲みて長きカーテンのこのさみどりをきつと忘れず

イヤフォンの白く硬きを片耳に垂らす〈孤独のグルメ〉観るため

右の腹さすりながらに聞いてゐる松重豊のゆつくりの声

Ⅵ

ひとゐて自分ばかりを知る夜の凧をあやつるやうにくるしい

回つてるだけで昇つてみゆるのを電車来るまでぼくはみてゐつ

一枚のざふきん絞りきつたれば中学校の赤い夕暮れ

太陽のしづむあたりの山ぎはのさかんなる行為のをはるまで

掃除機の音とほのかずちかづかずしまらく人をはげますごとし

頭痛まるでをさまらざれば犇めいて笛を吹かない笛吹きの群れ

うつくしい

なにかに負けてゐるかのやうになにかを嘲笑《わら》つてゐるかのやうに夏を過ごした
ベランダでビーチサンダル洗ひをれば水が夕陽に溶けてやまない

怒りひとつしづめられないけふのこのからだをぼくは頼もしくおもふ

妬みを論理にすりかへる声あかるくてスマホを左耳に移した

罪悪感を抱《いだ》かせようとすることばつてどうしてかうもうつくしいんだらう

秋の雲溶けてみえなくなるまでをみてはならぬと畏るればみつ

泣けないな　青信号と秋の陽がこぞつて人をうごかしてゐる

春までに福岡を離れむとおもふいちじくは五個二百円なれど

むっちゃん万十

秋の夜のむっちゃん万十ハムエッグしづかにあたたかくあふれだす黄身

彼がどうしても見たがらないそれはとうに花のやうに枯れてゐる

甑島の椿油を手にぬくめて顔に押し当つ風呂上がりの至福

勝手に来て勝手に去つてしまふ　波もさう、秋もさう、魂も体もさう

初恋

ひとの幸せを願へぬといふ罰ありきメロンパン口に乾きやまずき

くるしみを求めてたんだみづたまりに雨降るかぎり死ぬ水紋の

＊

きみがぼくに搬んだそれは夏だつた抱へたらもう海に出てゐた

海の色を青としかおもへぬことのきみをしおもふ気持ちにも似て

花柄のかばんを肩に掛けなほしきみが行かうとつぶやけば行く

聞きづらいときは顔寄せてくれることも灯台の灯《ひ》のやうで近づく

きみと来て食堂〈煮魚少年〉の味噌煮の鯖を箸にくづしつ

煮魚を食べつつきみと黙つたがちよつと目の合ふ一瞬はある

よろこびがよろこびのまま夏の陽のやうだよぼくは汗をよろこぶ

これもきつと最後の恋ぢやないけれど海風、奪へいつさいの声

*

帆船がひと夏かけて航《ゆ》く距離を　歌を　とんぼに群がる蟻を

きみには恋人がゐるといふだけのことをどうしてきみもぼくも花束のやうに

■著者略歴

染野太朗（そめの・たろう）

1977年茨城県生まれ、埼玉県に育つ。歌集に『あの日の海』『人魚』がある。短歌同人誌「外出」「西瓜」同人。短歌結社「まひる野」編集委員。

まひる野叢書　第399篇

「現代歌人シリーズ」ホームページ　http://www.shintanka.com/gendai

現代歌人シリーズ37

初恋

二〇二三年七月十一日　第一刷発行

著　者　染野太朗
発行者　池田雪
発行所　株式会社 書肆侃侃房（しょしかんかんぼう）
〒八一〇-〇〇四一
福岡市中央区大名二-八-十八-五〇一
TEL：〇九二-七三五-二八〇二
FAX：〇九二-七三五-二七九二
http://www.kankanbou.com　info@kankanbou.com

編　集　田島安江
装　丁　藤田瞳
DTP　黒木留実
印刷・製本　アロー印刷株式会社

ISBN978-4-86385-580-9　C0092

現代歌人シリーズ

四六判変形／並製

1. 海、悲歌、夏の雫など　千葉 聡　144ページ／本体 1,900 円＋税
2. 耳ふたひら　松村由利子　160ページ／本体 2,000 円＋税
3. 念力ろまん　笹 公人　176ページ／本体 2,100 円＋税
4. モーヴ色のあめふる　佐藤弓生　160ページ／本体 2,000 円＋税
5. ビットとデシベル　フラワーしげる　176ページ／本体 2,100 円＋税
6. 暮れてゆくバッハ　岡井 隆　176ページ（カラー16ページ）／本体 2,200 円＋税
7. 光のひび　駒田晶子　144ページ／本体 1,900 円＋税
8. 昼の夢の終わり　江戸 雪　160ページ／本体 2,000 円＋税
9. 忘却のための試論 Un essai pour l'oubli　吉田隼人　144ページ／本体 1,900 円＋税
10. かわいい海とかわいくない海 end.　瀬戸夏子　144ページ／本体 1,900 円＋税
11. 雨《ふ》る　渡辺松男　176ページ／本体 2,100 円＋税
12. きみを嫌いな奴はクズだよ　木下龍也　144ページ／本体 1,900 円＋税
13. 山椒魚が飛んだ日　光森裕樹　144ページ／本体 1,900 円＋税
14. 世界の終わり／始まり　倉阪鬼一郎　144ページ／本体 1,900 円＋税
15. 恋人不死身説　谷川電話　144ページ／本体 1,900 円＋税
16. 白猫倶楽部　紀野 恵　144ページ／本体 2,000 円＋税
17. 眠れる海　野口あや子　168ページ／本体 2,200 円＋税
18. 去年マリエンバートで　林 和清　144ページ／本体 1,900 円＋税
19. ナイトフライト　伊波真人　144ページ／本体 1,900 円＋税
20. はーはー姫が彼女の王子たちに出逢うまで　雪舟えま　160ページ／本体 2,000 円＋税
21. Confusion　加藤治郎　144ページ／本体 1,800 円＋税
22. カミーユ　大森静佳　144ページ／本体 2,000 円＋税
23. としごのおやこ　今橋 愛　176ページ／本体 2,100 円＋税
24. 遠くの敵や硝子を　服部真里子　176ページ／本体 2,100 円＋税
25. 世界樹の素描　吉岡太朗　144ページ／本体 1,900 円＋税
26. 石蓮花　吉川宏志　144ページ／本体 2,000 円＋税
27. たやすみなさい　岡野大嗣　144ページ／本体 2,000 円＋税
28. 禽眼圖　楠誓英　160ページ／本体 2,000 円＋税
29. リリカル・アンドロイド　荻原裕幸　144ページ／本体 2,000 円＋税
30. 自由　大口玲子　168ページ／本体 2,400 円＋税
31. ひかりの針がうたふ　黒瀬珂瀾　144ページ／本体 2,000 円＋税
32. バックヤード　魚村晋太郎　176ページ／本体 2,200 円＋税
33. 青い舌　山崎聡子　160ページ／本体 2,100 円＋税
34. 寂しさでしか殺せない最強のうさぎ　山田航　144ページ／本体 2,000 円＋税
35. memorabilia/drift　中島裕介　160ページ／本体 2,100 円＋税
36. ハビタブルゾーン　大塚寅彦　144ページ／本体 2,000 円＋税

以下続刊